五行歌集

喜劇の誕生

鮫島龍三郎
Samejima Ryuzaburo

そらまめ文庫

目次

1 人生

じじいになったら
ひげを貯えて
好きなときに酒を飲み
あちこちで嘘をついて
生きるのだ

物語の終わりは
いつも
新しい物語の始まり
冬が
春になるように

来世でも
同じ過ち
するだろう
酒を飲みつつ
君とたわむる

いつの間に
こんなに
歳を重ねたか
心は
少年のままなのに

三十年間の日記
読み返す
ああ
私はこうしか
生きられなかった

人生は船旅のよう
順風の日も　嵐もあった
でも
どこへ向かっているのか
誰もしらない

強風が
昨夜の鬱を
吹き飛ばす
戦う準備は
できているか

終わった
最大で最後の
性の幻想
さあ　これからが
本当の人生だ

現実は
逃げられない
から
もう一つの世界で
遊ぶ

生きるとは
命燃やすこと
いつまでも
燃やしつづけよう
命尽きるまで

病気になると
心が体に帰ってくる
病が癒えると
また　心は
旅に出る

病気になると心は体に帰ってきてひとつになります。病が癒えると心はまた体を離れてどこかへ行ってしまいます。

体は皮膚によって外界と区切られています。でも、心は時空を超えて飛びまわります。

体は「個体性」であり、心は「共同性」です。

私の心は、DNAのコピーの産物であり、歴史や社会の「集合的無意識」の産物です。宇宙の時空を超えたネットワークの中継基地みたいなものでしょうか。

2　わたし

ガラス越しに
ふとかげる
冬の日差し
常ならざるは
私の心

わたしは
わたしを
信じていない
この世で一番恐ろしいのは
自分の心だ

鏡の中の
私の目は
わたしの
うつろを
見つめていた

どこへ行っても
離れられない
「私」
いっそブラックホールへ
連れていこうか

謙虚に生きよう
と決めたのに
酒を飲めば
いつの間にか
自慢話

なんと
ずるがしこい
わたしだろう
気がつけば　いつも
安全地帯にいる

放課後の教室
もう間に合わない
と
泣いている
夢

真夏日の舗道
歩いてる
わたしは
何かの
影ではないのか

いつも
わたしの隣に
私が居て
それは違うと
舌打ちをする

三四郎　金閣寺
赤と黒　人間の絆
ひとり街をぶらつき
何かを探していた
二十歳の頃の日々

仏道をならふといふは、自己をならふ也。自己をならふといふは、自己をわするゝなり。自己をわするゝといふは、万法に証せらるゝなり。万法に証せらるゝといふは、自己の身心および他己の身心をして脱落せしむるなり。

（「正法眼蔵」道元）

あまりにも有名な一節ですが、この言葉に心震えました。

それから玄奘、「西遊記」の三蔵法師のことです。七世紀、経典を求めてはるばるインドへ向かう姿に憧れました。

憧れる人
聖徳太子　玄奘
道元　西行
何だ　私も
出家するか

歴史上の人物で憧れる人が、みな仏教とかかわりがある人ということに驚いたのです。

3

恋

初めての
二人の旅は
葉っぱが
みんな
輝いた日

君との逢瀬
帰り道
街の灯
かすかに
輝きを増す

一晩中
ためらいながら
雪が降る
心の負荷を
確かめるように

風の強い日だった
その夜　私は
あなたを幸せにする
そのためだけに生きる
と　誓った

ひとりの人だけを
ずっと
愛することができたら
この世は　どんなにか
シンプルだろう

こんなにも
肉の重みに
あくがれて
二十歳の恋は
悲しかりけり

夏空に
デカン高原
大の雲
君なきこの世に
未練はなし

つらいときも
うれしいときも
どんなときでも
目を閉じれば
あなたが笑っている

眠れぬ夜は
目を閉じて
あなたとの
果てなき物語を
紡ぎましょう

エスカレーターを降りてきた
白いコートの君
初めて
ショパンピアノ協奏曲
聴いた時の衝撃

サマセット・モームに『人間の絆』という小説があります。読みだしたら止まらないほど面白く、徹夜して読んだ思い出があります。『人間の絆』は、私にとって、人生とは何かを教えてもらった大切な本です。

主人公フィリップは、美しくも傲慢な女ミルドレッドに恋をします。恋の楽しさよりも、苦しさがよく描かれています。失恋の果て最後にサリーという女性に出会います。

サリーはこんな女性です。

優しさに
優しさ重ね
君のいる日は
花の上の花
空の上の空

草壁焰太

4　幸せ

あなたの
とっておきの笑顔を
ください
幸せに包まれて
眠れるような

これからは
楽しいことを
するのではない
することを
楽しむのだ

この時間も
この空気も
この笑顔も
とっておくこと
できないのか

君の喜ぶ姿
腹の底から
うれしい
自分のことより
もっとうれしい

あなたの
ほほえみは
わたしの
ささやかな
成功の証

何が幸せか
って
心とこころ
ふれあう音
聞いたとき

この家も
この生活も
全て　私が
望んだ通りのものだ
そして　あなたも

フワリフワリ
ポカリポカリ
波まかせ
クラゲのように
生きたいな

この世のルール
いつも
明るい　ふり　を
すること
人にも　自分にも

幸せになる方法
は
ない
不幸になる方法は
ある

「幸せになる方法」という本を書こうと思いましたが、結局、書けませんでした。「不幸せになる方法」という本は、すぐにでも書けそうです（でもそんな本、誰も買ってくれそうもありません）。不健康なことをする、お金を使いまくる、人を傷つけることばかり言う……いくらでも不幸になるメニューはありそうです。

それでは、健康に気を配る、お金の無駄遣いをしない、人にやさしくする……それで幸せになれるのでしょうか。

不幸せが
深い谷底なら
幸せは
何と言うこともない
なだらかな平野

酒井映子

「幸せ」という言葉がなかったら、私たちは、「幸せ」とは何かを問うことも、「幸せ」を追い求めることも、しなかったでしょう。

5

家族

子供が幼い頃
もっと
もっと
抱きしめておけば
よかった

風もないのに
ブランコが
揺れている
幼き日の君が
こいでいるのか

娘と娘の子と
プールに行く
三人並んで
午睡
この豊潤な時

子供五人　母は
一日中働いていた
憶えているのは
フトンの中の
母の足の温かさ

母が息絶えた夜
こんなに悲しいのに
腹が鳴る
みんな泣きながら
おにぎりを食う

父のあだ名は
「残念十郎」
酔えば　残念残念と
泣いたという
「残念十郎」ここに眠る

三十年前
失踪した叔父
今頃
どこかの街の酒場で
唄っているか

何十年もかけて
築いてきた
信じあう関係
一瞬にして崩れる
たった一言で

孫が
孫をたたいたから
孫をたたいたら
何すんのと
妻と娘にたたかれた

三歳の恵介の
大好きな黄色いバス
どこまでも
どこまでも
走れ　二人を乗せて

十二月の寒い夜でした。私はほろ酔いで家に帰る途中でした。

娘から電話がありました。

「パパ、わたし、子供ができたみたい。」

「そうか、それは、よかった、よかった。」

電話を切って、私は、なぜか涙が止まりませんでした。娘はずっと引きこもりでした。あの娘に子供ができるなんて……。

娘に子ができ
私は思った
ああ
この世での
私の役割は終わった

不思議な気持ちでした。娘には夫がいて子供もいる､娘はこれから自分自身で､パートナーと共に子供と共に、自分の人生を生きていくのだ。

孫ができて、私の肩の荷はおりて、この世での私の役割は終わったという不思議な感覚。

6　宇宙と私

私たちは
天の川銀河の端っこに
住んでいる
近くでブラックホールが
口を開けている

私の小腸に住む
腸内細菌
三百兆匹
銀河系の星の数と
いっしょだな

太陽が
消滅する
瞬間を見た
安らかな
世界の終末

白亜紀
恐竜が徘徊する中
突然
花々が咲き始めた
地球は美しい星になった

人類滅亡のメニュー
環境破壊　ウイルス
核戦争
みんな
自分で蒔いた種だ

あの世の研究
トコトンしたが
やっぱし
いかなきゃ
わからんな

もっとも
リアルなものは
幻想のかたまり
たとえば
生身の女体

お母さん、
この世での
わたしの
イスは
ありますか

私は
子供たちに
希望を
語ることが
できない

何ひとつ
確かなことはない
確かなことは
歳をとること
だけ

この原稿を書いている今（2020年8月）、新型コロナウイルスの拡大で、世界は未曽有の危機の最中にいます。

かつてハンス・ロスリングは『ファクトフルネス』の中で、五つのグローバルなリスクを語っています。

〇感染症の世界的流行
〇金融危機
〇世界大戦
〇地球温暖化
〇極度の貧困

世界は少しづつ良くなっているのでしょうか。それともどんどん悪くなっているのでしょうか。

毎日の世界のニュースを見ると、感染症の流行、難民の増加、貧富の差の拡大……世界はどんどん悪い方向に向かっていくように思われます。

それとも、テクノロジーの進展で、十億人の人に、クリーンな飲料水や栄養ある食品を届けられる時代が来るのでしょうか。

「われわれはどこから来たのか、われわれはどこへ行くのか」

7

DNA

カッコウの雛の
大きく開けた赤い口
里親は
餌を投げ込む誘惑に
抗うことはできない

サルを狩る
チンパンジーの群れの
集団の熱狂
肉を食らう誘惑に
抗うことはできない

胸の谷間に
滴り落ちる汗
ヒトの雄は
覗くという誘惑に
抗うことはできない

いけないとわかっていても
これで全てを失うと
わかっていても
DNAの仕掛けた誘惑に
抗うことはできない

なぜなら　わたしたちは
ただ増殖するという
使命を持った遺伝子の
乗り物
なのだから

森の哲学者
オランウータンは
ずっと一人で考えている
時々　夢精して
樹から落ちる

ダメよ　ダメダメ
いけないと
皇帝ペンギンは
盗んだ卵を
そっと返した

なぜか
脳内は
いつも
得か損かの
自動計算

私の欲が
私達の欲に
なると
なぜか
正当化される

私は
「他者のコピー」
話すことも
思うことも
そして　欲望ですら

『利己的な遺伝子』（リチャード・ドーキンス著）という本があります。その中で、カッコウの雛の魅惑的な赤い口の話が紹介されています。（カッコウは、自分の卵を、他の種の鳥の巣に置き、育ててもらう習性があります。）

カッコウの雛の大きく開けた赤い口はあまりにも誘惑的であるから鳥類学者が、ほかの鳥の巣にすわっているカッコウの赤ん坊の口の中に食べ物を落としている鳥の姿を見かけるのは珍しいことではない。

里親の鳥はカッコウの雛の大きく開けた「赤い口」の魅力に抵抗することはできません。

ヒトにとって抵抗できないものは何でしょうか。イケメンの微笑、女性の胸の谷間、サッカー応援の集団の熱狂、馬がゴールになだれこむ瞬間、あのダイヤモンドの輝き……。

あなたにとって、それは、何ですか？

8 五行歌

宇宙の過剰が
この体
体の過剰が
この心
心の過剰がこの歌だ

昨夜の雨の
公園の水たまり
小さな魚泳いでる
そんな奇跡のような
歌をつくりたい

「面白き事もなき世を
面白く」
そのようで
あれ
私の五行歌

なぜ
歌を作るのか
自分を確かめるため
過去を振り返るため
みんなで笑うため

つくづくと
めんどくさい性格だ
だから
五行歌なんて
やっている

嬉しいことがあったら
話したい
つらいことがあったら
聞いてほしい
そうだ　歌にしよう

いい歌を
作りたい
出会いたい
それだけで
生きていく

ずっと　歌が
できなかった
ある日　突然
あふれ出る
止まらない涙のように

歌はいつできる
〆切がせまった時
体が拘束された時
心がドン底の時
恋が始まった時

私の歌が貧弱なのは
わたしが
貧しいからだ
だから
私の歌なんだ

私の歌は貧弱です。月並みです。想像力も創造力もなく、高く空を飛ぶこともできず、深く物事を掘り下げる力もありません。

いつもチマチマ下品なことしか考えていないので、思考のカスのような歌しかできません。

他に何もないので、五行歌で、ほめられたい、目立ちたい、そんな不純な動機ばかり……。

でも、でも、それが私の歌なんです。下品であろうが、貧弱であろうが、それが私にしかできない歌なのです。

職業は？
「無職」ではなく
「歌人」
と答えよう
偉くなった気分

9　日常

白鷺が
ひたすら
夕陽
見つめてる
一本の線となって

川面には
両岸の緑重なって
歩いても
歩いても
心はうつろ

天皇崇拝は
いい
けれど
なぜ　それを　人に
押しつける

強い風の音に
目覚める
今日は
スリリングな一日に
なりそうだ

新幹線の隣の席
じじいが座る
あ〜あ
お互い苦笑い
二時間　酒でも飲むか

とうとうと
自慢話をする男
「その時俺は
なんて言ったと思う」
知るもんか！

こんな街中で
おやじ狩りか
と思ったら
酔いさましなと
水をくれた

いつも朗らか
元気な老人
って
そんなわけ
ないだろ

チョット待て
今動けない
太もも伝う
尿
かわくまで

「長寿を讃えるは
老いの苦しみ知らぬ者の
たわごとなり」
米寿祝いの席
母のことばに凍りつく

人生百年時代、日本は超高齢化社会に突入しています。

佐藤愛子さんの『九十歳。何がめでたい』という本がありました。高齢になればなるほど、あちこちが痛みだし、愛する人との死別、孤独と、次々と「魔」が押し寄せてきます。

紫かたばみさんのこんな歌もありました。

生き残るとは
残酷な
罰ゲーム
自由さえ
持て余している

遺伝子は、個体が生き延びる知恵はプログラミングしてくれましたが、まさか「人生百年時代」が来ることは想定外でした。

日本は、世界の中で「長寿先進国」です。超高齢化社会という人類史上稀にみる社会をどのように作り、どのように生きていくのか、世界七十七億人の人が注目しています。

10　病院日記

ガンと宣告された
夜
眠れない
私は謙虚に
なれるだろうか

深刻に
なるな
と
深刻に
思う

深夜の病院の天井は
スクリーン
駅馬車が走る
エーデルワイス
カサブランカの酒場

深夜のＩＣＵ
幼児の泣き声で
目覚める
どうやら
生きているようだ

ガン手術の後
何度も何度も
合併症起きる
生死の境界に
いる

あったら
いいな
生きる苦痛の極限で
楽に死ねる
丸薬が

病院の窓から
春の空が
見える
ついこの間まで
あっちの世界にいた

ずっと一人ぼっちだった
君と出会ってから
一度とて
さみしく思ったことはない
妻よ

妻が私の手を握りしめ
先にいったら許さない
ひとりぼっちに
しないでと
泣く

死とは生まれたところに
帰るものと思っていた
そうじゃない　死とは
妻の傍にいて
妻をじっと見守っていること

２０１９年２月、胆管ガンと診断され、胆管とその周辺の臓器を切除する手術になりました。手術後、合併症を何度か起こし、結局、五ケ月近く病院生活を送ることになりました。ちょうど平成から令和に変わる頃で、病室の窓から、春から初夏の空の移り変わりを見ていました。

そんな頃、草壁先生からお電話をいただきました。

「鮫島さん、つらい時、死に直面している時、いい歌ができるよ。歌を作って送ってください。」

こういう経緯で、この病院日記は生まれました。入院している間に作った歌です。

病室のベッドで
死んでたまるかと
必死で息をしていた
そう　あの日々こそ
本当に生きていた日々

跋

草壁焰太

鮫島さんの歌は、ほっかりとして、温かく、おかしく、そして悲しい、またやわらかくもある綿菓子のようなものだ。思わず、顔をうずめたくなるような。

何が幸せか
って
心とこころ
ふれあう音
聞いたとき

タイトルを見ると、それが世界論になっているように、すべてを見抜いている人だが、それを真綿で包まないと、読む人に失礼になるとでも思っているようだ。だから、その叡智はその温かさ、柔らかさのなかに小さく折り畳んで入れられている。おかしく、同時に悲しく、温かいという、矛盾した気持ちが同時に味わえるのは、わかりやすく簡単に見えるこれらの歌が、最も複雑に織りなされていることによる。最初に会った二十数年前から、私はこの人は生まれつきのうたびとだなと思った。

最初の頃の歌、

じじいになったら
ひげを貯えて
好きなときに酒を飲み
あちこちで嘘をついて
生きるのだ

は、とても評判がよく、好かれ、みんながよく引用する歌となった。人のほんとうの望みを書いているからであろう。

今回、初めてこれまでの歌がまとめられて、その複雑なやわらかさを大いに堪能することができた。

彼は、すべてを笑い話のようにしたいようだが、喜劇はまた最も悲しいものでもある。私は、歌集の最後近くになって、わっと泣き伏したい気持ちになった。

妻が私の手を握りしめ
先にいったら許さない
ひとりぼっちに
しないでと
泣く

この歌で、いよいよこの歌集は誰にも読ませたいものになった。
うれしく、あたたかく、おかしいから、いのちはすばらしく、かつ悲しいのである。

あとがき

２０１８年に『五行歌って面白い』、２０１９年に『五行歌って面白いⅡ』を出版させていただきました。いずれの本も、五行歌の秀歌百選のような形で、はじめての方に五行歌を紹介する本でした。その私が、まさか自分の歌集を出すことになろうとは、恥しいやら申し訳ないやらの気持でいっぱいです。

二十年ぐらい前に五行歌を始めたのですが、わずか数年で挫折、仕事が忙しくなり、心の余裕を失ったからでしょう。それから仕事もリタイアし、十数年ぶりに（三年程前から）五行歌を再開しました。

歌会も、大宮、さいたま新都心、浦和みむろ、東京本郷、麹町など参加させていただくようになりました。歌会のメンバーの皆様には、いつも生きる力をいただいています。

また、歌集作成には、三好叙子様、水源純様、井椎しづく様、本部スタッフの皆様、お力添え本当にありがとうございます。そして五行歌という〝生きがい〟をくださった草壁先生、大感謝。

2020年9月

鮫島龍三郎

「五行歌の会」ご案内

五行歌とは、五行で書く歌のことです。万葉集以前の日本人は、自由に歌を書いていました。その古代歌謡のように、現代の言葉で同じように自由に書いたのが、五行歌です。五行にする理由は、古代でも約半数が五句構成だったためです。

この新形式は、約六十年前に、五行歌の会の主宰、草壁焰太が発想したもので、一九九四年に約三十人で会はスタートしました。五行歌は現代人の各個人の独立した感性、思いを表すのにぴったりの形式であり、誰にも書け、誰にも独自の表現を完成できるものです。このため、年々会員数は増え、全国に百数十の支部（歌会）があり、愛好者は五十万人にのぼります。

五行歌の会では月刊『五行歌』を発行し、同人会員の作品のほか、各地の歌会のようすなど掲載しています。

～ご入会・ご購読のお申込はこちらまで～

五行歌の会　https://5gyohka.com/

〒162-0843

東京都新宿区市谷田町 3-19 川辺ビル 1 階

電　話　03（3267）7607

ファクス　03（3267）7697

鮫島 龍三郎（さめじま りゅうざぶろう）
1952 年 鹿児島県に生まれる
現在、さいたま市在住
五行歌の会同人
著書『五行歌って面白い』（市井社・2018）
『五行歌って面白いⅡ』（市井社・2019）
s.dragon8460@gmail.com

そらまめ文庫 さ 1-3

喜劇の誕生

2020 年 11 月 10 日　初版第 1 刷発行

著　者　　鮫島龍三郎
発行人　　三好清明
発行所　　株式会社 市井社
〒 162-0843
東京都新宿区市谷田町 3-19 川辺ビル 1F
電話　03-3267-7601
https://5gyohka.com/shiseisha/

印刷所　　創栄図書印刷 株式会社
装　丁　　しづく

ISBN978-4-88208-179-1　C0292

そらまめ文庫

い 1-1	白つめ草	石村比抄子五行歌集
お 1-1	だいすき	鬼ゆり五行歌集
お 2-1	だらしのないぬくもり	大島健志五行歌集
お 3-1	リプルの歌	太田陽太郎五行歌集
か 1-1	おりおり草	河田日出子五行歌集
く 1-1	恋の五行歌　キュキュン200	草壁焔太　編
こ 1-1	雅　—Miyabi—	高原郁子《こうげんかぐわし》五行歌集
こ 1-2	紬　—Tsumugi—	高原郁子《こうげんかぐわし》五行歌集
こ 2-1	幼き君へ～お母さんより	小原さなえ五行歌集
さ 1-1	五行歌って面白い　五行歌入門書	鮫島龍三郎　著
さ 1-2	五行歌って面白いⅡ　五行歌の歌人たち	鮫島龍三郎　著
み 1-1	一ヶ月反抗期　14歳の五行歌集	水源《みなもと》カエデ五行歌集
ゆ 1-1	きっと　ここ　—私の置き場—	ゆうゆう五行歌集

※定価はすべて 800 円（+ 税）です